五行歌集

花にもなれる

永田和美

市井社

五行歌集

花にもなれる

花にもなれる　目次

初冬の梅園

白桃色(いろ)の
木瓜の花が
愛らしく咲いている
初冬の梅園
誰もいない

緑の葉陰に
丸い柚子の実
キラリ　キラリ
寒い季節を
喜んで

朝、早く起きて
仕事をする
すがすがしい気持ちになる
冬ならば
なおのこと

冷えこみの厳しい
冬の朝ほど
富士は
くっきりと
美しい顔を向けてくる

みんなお揃いの
白い帽子をかぶって
クスクス笑っているみたいな
雪の朝の
家々

見て　見て
春が来たらしい
ハクレンの蕾が
はらっと
コートを脱いだ

憧れるように
背のびして
海を見つめている
岬の水仙の
小さな顔・顔・顔

菜の花と桜エビが
手を組んで
やってきた
春の香りのパスタ
頬張る

葉桜の下

紅梅に
手招きされて
春のひと日を
母と
過ごす

考えよ　と
梅はささやく
桜は
歌えと言って
微笑(わら)うのに

いっせいに
うすあかりが
灯ったよう
満開の桜の
連なる道

その下を
歩くだけで
こころ浮き立つ
桜の
不思議

緑濃い山の連なり
えくぼのように
見えたのは
一本の
満開の山桜

満月に向かって
桜の花びらが
吹きあがる
風が運んでいく
今日の手紙

人
桜
存在　の
はかなさ思う
今年の春

葉桜の下を
通り抜けると
もうそこに赤いハナミズキ
春は
あわただしく過ぎて

若草が匂う

風が
塗り忘れていったのか
半分だけ
ピンクの
つつじの花壇

生きようと
するものにこそ
生命は
輝く
若草が匂う

竹の子が
空を
見ている
大きな竹に
なろうとして

雨の中で
紫陽花が
光っている
雨粒のブローチを
葉に飾って

お母さんの広げたカサを
見上げている
抱っこの赤ちゃん
甘やかな二人の世界を
雨が包んでいる

いつのまにか夏
ビルの壁に
テイカカズラの
小さな花が
星のよう

ゼラニウムの
赤い花房が
はずんで　ゆれて
夏の風を
迎えている

小さな耳を
いっぱい付けて
揺れている
アガパンサスは
知りたがりやさん

※アガパンサス＝紫君子蘭

夫が
突然入院
人生のシナリオには
思わぬことが
書きこまれている

ベランダのかくれたすみっこで
ハトが巣づくり
今日は卵を抱いている
あっ
目が合ってしまった

サイレントスプリング

大相撲も
卒業式も
発表会も
桜も
無観客という　春

人影まばらな
静かな街
コロナウィルスが
招いた
サイレントスプリング

無観客の
運動会
子ども達のかけ声が
初夏の空に
ひびく

希望の
矢印のように
天(そら)に上っていく
打上げ花火
大輪が咲く

どこにも
行けないから
星を描く
花火を描く
思うだけの旅に出る

コロナ自粛の中
友の声は
良薬だ
体の芯から
元気が湧いてくる

マスクをはずして
口紅をつける日が
早く来ますように
紅筆一本
新調する

今日の時計

「愛情」という
土台があって
ようやく
人は
立っていられる

誰かを
大好きになるって
誰かに
大切にされた
証だ

家族で笑い合った
こともあっただろう
事件の少年の
固く結んだ
口もと

考えてみれば
あれもこれも
要りはしない
虚栄心に
支配されていただけ

欲ばらず
今日は
今日のこと
地球は
廻っていく

こころとこころは
鏡のようなもの
こちらが思えば
そのように
その逆も　また

こんなにも
愛されている
そう思った
一瞬を
一生の時間にする

思い出すたびに
うれしくなることがある
そのことが
また
うれしい

今日の時計は
やさしい
なぜだか
ゆっくり
時を刻む

魔法のえんぴつ

あそんで
あそんで
あそびつくす
子どもはいちにち
あそびの中

髪上げ、袴着、帯解き
子を慈しむ
ならわしは
温かく
厳かだ

「魔法のえんぴつ」と
名付けただけで
もう
こどもは
魔法にかかってしまう

字を
覚えはじめた子は
一生けんめい文字を書く
世界と
つながろうとしているのだ

伸びやかなものが
心地良い
子供の描いた
絵を
旅している

親が　子に
教えてやれることなんて
ほんのわずか
ひとを大事に
自分を大事に

雨でも　雪でも
楽しかった
子どものときは
不思議な力が
あった

ごっこ遊びのはて
「もうみんな
自分にもどってねてる」
人形たちを指して
子は言う

よく笑うこどもは
幸せなこども
いっぱい笑って
もっと
幸せになれ

十月の空

窓を開けたら
十月の空が
飛びこんできた
ギュウッと
抱く

生命（いのち）に代えても　と
思えるほどの
存在が
私を生かす
人類を生かす

誰かのために
と　思うとき
不思議に力が湧いてくる
私が誰かに
助けられているのか

雲を映して
静まる水面
風が吹くと
小さなえくぼを
作って笑う

「おすそ分け」という
ことばの
何というあたたかさ
この国の
美しいこころを思う

ベランダの
もの干し竿に
トンボ
ちょっと止まって
告げていく　秋

十月になったのに
「ひまわり」の絵を
はずせない
ウクライナ戦争
つづく

とんとろん　とんとろん
秋の雨は
寂しい音させて
落ちてくる
話しかけてやりたいような

秋桜（こすもす）を
揺らした風が
冬を
呼びに
行っている

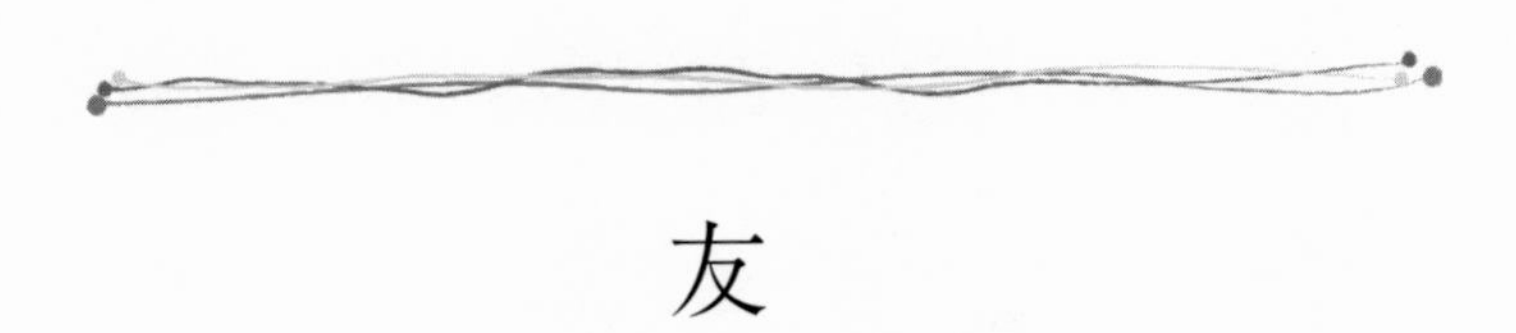

友

ことばを頼りに
分け入っていく
その人の
泉に
触れたいから

声をかける　とは
心をかけること
かもしれない
こころは
軽くしておかないと

知ろうとすることで
ひらけてくる
ひらかれてくる
ひと　というもの
自分　というものも

花が咲くまで
実を付けるまで
時間（とき）が要る
ひとと
わかり合うのにも

その人が
光って見えるのは
胸の奥にある
哀しみの
せい

良い友で
あっただろうか
歳月（とき）を重ねても
渡れない
橋がある

久し振りに聞く
友の声
ぱっと明かるくなる心
うれしいって
こういうこと

わくわくして待つ
友からの手紙
声が聴こえ
息づかいを感じ
あったかーくなるのだ

私のゴール

何しにきたの
と
人生に問われている
今から
答えよう

何でもない私が
贈りものを
もらいつづけている
よく
生きなければ

出発点が
それぞれなら
ゴールもそれぞれ
私の道の
私のゴール

自分の
期待に
応えられるのは
自分
だけ

絶対的な自分
は
大きすぎても
小さすぎても
困りもの

唯一無二の
ひとり一人
自分の
色で
耀くのだ

この世に
持ってきたものは
命だけだ
何を
欲ばっているのか

「何か」
ではなく
「わたし」であれ
自由な
「わたし」であれ

花にもなれる

そこに答えが
ないものは
素敵だ
何がでてくるのか
こころが踊る

覚えては忘れ
覚えては
忘れるから
また学ぶのが
楽しくなる

人は無限である　と
昔の人は
とっくに知っていた
私が
今日気づいたこと

教えられ
導かれして
育っていく
人間はどこまでも
大きくなれる

生まれたことに
気づいたとき
自分の
人生が
始まる

何があっても
そばにいること
ほんとうに
愛する
とは

こんな私を
愛してくれる
それだけで
あなたは
偉大だ

私は
花にもなれる
風にもなれる
あなたにもなれる
だから　生きていける

あなたの
横顔が
好き
ほんとうの言葉が
聞こえるみたいで

そのひとことで
茹で玉子をむくように
つるんと
わたしが
出てきてしまうよ

こころの迷路

歩く速さと
考える速さは
比例しているようだ
私は
何を急ぐのか

少しづつ
大人になっていく
ヒトの成長は
なんと
ゆっくり

明日(あした)のことは
明日(あした)考えよう
心をこめて
今日を
生きるのだ

ありのままの
自分を
映しているだろうか
私の
鏡

うしろ姿を
見られている
そう思うと
背すじが
ピンとなる

どちらが
正しいのか
揺れるこころ
歩き出せば
また揺れる

こころの
迷路の
奥のほうに
理由という
答えがある

私は
何に
なりたいのだろう
自分以外には
なれないのに

創りながら
壊している
ほんとうの姿が
まだ
見えないから

自分という
樹が育ち
私という
花が
咲く

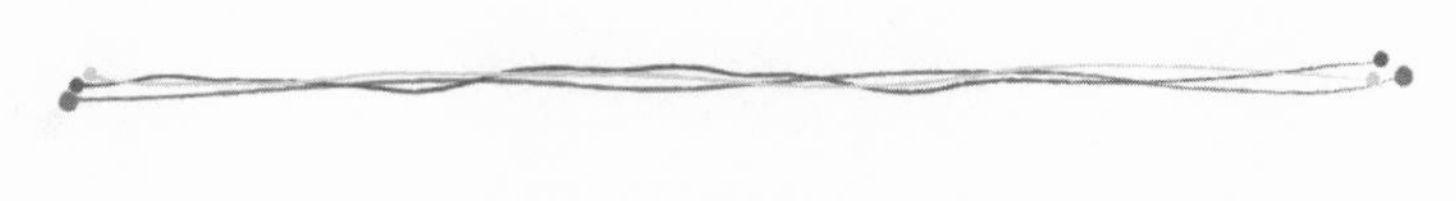

肯定して

「真実」は
恥ずかしがり屋
いつも
後ろにかくれて
じっとしている

正しいことを
語る声は
小さいという
よーく
耳を澄ましていよう

「誠実」とか
「真剣」とかは
重いのかもしれない
捨てている人を
たまに見る

従順である
とは
無責任である
こととも
思えてならない

父に似た
弱さが
私にある
ひとは
やさしさ　という

手放していく
ここち良さと
さみしさと
今わたしは人生の
どのあたり

古い自分を
捨てるように
古い手紙を捨てている
いくらか軽くなって
歩いていけるか

こだわり
という
塊(かたまり)に
気づいた
自分で溶かすしかない

昨日と今日と
明日のことしか
考えなかった子どものころ
幸せとか不幸とか
思うこともなく

生まれてきて
よかった
こんなに深く
理解される
ことがあるなんて

自分を
肯定して
肯定して
種がふくらむ
芽がでてくる

ほんものの愛を

リボンも
フリルも
きらいだった
襞の間に嘘が
かくれているようで

思いは
つねに変わっていく
昨日の私は
「嘘」
かもしれない

ぜんぶほんとう
というわけではない
ぜんぶうそ
というのでもない
その間（あわい）で生きている

誰も傷つけず
生きていくことなど
できはしない
傷つかないふりを
してくれる人がいるだけ

ほんものの愛を
見たひとは
狂気も
正気も
同じと言うだろう

ひとの後ろに
見えてくる
深い景色に
魅せられるとき
もう愛が生まれている

本気で
吐いた嘘は
きっと
どこかしら
透きとおっている

タイムマシン

会いたいひとに
会いにいく
図書館は
私の
タイムマシン

図書館には
読まれたがっている
本たちが
ひっそりと
ひしめいている

どんな歴史も
地つづきで
私とつながっている
一億年前のことも
昨日のことも

タイムマシンがあったら
十八歳の私に
逢いに行って
「大馬鹿もの」と
叱ってやりたい

まちがえなければ
きっちりと
答えが出る
数学は
いいなあ

99頑張っても
100に届かないなら
ゼロと同じ
99が
どこまでも続く

すべての
まちがいは
自分を
基準にする
ことだった

書き順を守れば
美しい文字が
書けるのか
人生も
そうだろうか

いろんなことを
にこにこ
こなして
いくのが
おとな

母と居る

朝の電話で
母を
笑わせて
私の一日は
始まる

昔語りを
する時
私は
母の
旧い友だちになる

声が聞きたい
話しがしたいと
母は
私を
恋するように

マリアになりたい――。老母(はは)と向き合い思うこと

老いていく
母の日々は
私も通る道
穏やかに寄り添い
歩きたい

母の声を聞かない日
娘の声を聞かない日
「雨降りおつきさん」
など唄ってる
自分の声　聞いている

思い出すのは
親不孝だったことばかり
「親」という
寂しさを
知らなかった

マイナスと
プラス
ふたつの思いに
揺れながら
母と居る

やさしい青

ふるさとのある人は
やさしい
こころをあたためる
場所が
あるからか

悲しい気持ちの
底を見つめれば
寂しさでいっぱいの
河が
流れていた

こころの根っこの
きれいなひとよ
あなたの息で
私をまるごと
清めてください

右を向いても
左を向いても
空・空……
私が
どんどん
小さくなる

気づけば
その色に
いつも抱かれている
やさしい
青

人は
誰かに出会うために
生きている
私はよい人に
出会ってきた

たくさん泣いて
大人になった
大人になったら
ちがう涙が
待っていた

あこがれの
あの人を
わたしの
「ふるさとの山」と
呼ぼう

ことばは
思いの　花
花びら一枚にも
自分の
姿がある

私という
人間を
くまなく照らすため
ことばという
光をかざす

私を
創っているのは
わたし
死ぬまでつづく
仕事だ

宇宙の
微生物のような私が
地球に寄生して
太陽を仰ぎ
大それた夢を語っている

一度きりの
自分の
「人生」に
愛されたい
と　願う

もしあるのなら
見たいものが
ある
自分の知らない
自分の「力」

思って
思って
思ったことなら
もう
私から離れない

はだかんぼう

五行歌は
はだかんぼう
何ひとつ
まとっていない
だから美しい

自分が
自分からはなれたとき
そこに　ふっと
うたの生まれる
すき間ができる

打ちのめされることも
快感になってきた
先達の歌集を
何度も
何度も読む

高みを目指す人は
自分自身を
超えていく人
そういう人
私は好きだ

五行歌の
一首、一首は
短編小説
読めば物語が
動き始める

忘れられない
たくさんの
歌が
私を
照らしてくれている

「うた」は
ひとに読まれてこそ
息づくもの
ひとが
生命（いのち）を与えるのだ

ひとつの歌の前で
立ち止まる。

――

歩き出すまでの時間
私はどこに行っていたのか

その人が
そのまま
そこにいるよう
五行歌（うた）の
たたずまいは

うたが
わたしを
掘りおこす
まだ見ぬものを
掘り当てよと

想いの
はざまに
見えかくれする
そのことばを
掴めたなら

わたしのうたは
わたしのため
わたしを
こころから
よろこばせたいのだ

跋

草壁焰太

前歌集『ほんとうのこと　は』は、タイトルの歌を中心に編まれたものだった。彼女の思いの到達点は、初めて自由を見たひとの心の、喜びを持っていた。

この歌集『花にもなれる』は、さらにその思いの自由を一歩進めたようなものとなっている。

よくもの思うことによって、自由になるということは、こんなにすばらしいことかと思う。歌集は、雲を浮かべる空のようになって、その雲の表情を見るようなものとなっている。

ほんものの愛を
見たひとは
狂気も
正気も
同じと言うだろう

こんなにも
愛されている
そう思った
一瞬を
一生の時間にする

私は
何に
なりたいのだろう

自分以外には
なれないのに

こういう自由な思いを連ねていけることは、その生と生活をどんなに豊かにするであろう。それは、人と出会い、理解に出会ったことで、始まったもののようだ。

私は
花にもなれる
風にもなれる
あなたにもなれる
だから　生きていける

何でもない私が
贈りものを
もらいつづけている
よく
生きなければ

久し振りに聞く
友の声
ぱっと明かるくなる心
うれしいって
こういうこと

思いの世界の自由を得ることが、詩人、うたびとの最もよい境地であろう。彼女はもうそこに到達しているかのようだ。
歌集の前半は、ふつうの歌集と同じように季節を歌うものになっているが、そこにも、彼女の人柄が見た自然が息づいていて、魅力的だ。

窓を開けたら
十月の空が
飛びこんできた
ギュウッと
抱く

いっせいに
うすあかりが
灯ったよう
満開の桜の
連なる道

みんなお揃いの
白い帽子をかぶって
クスクス笑っているみたいな
雪の朝の
家々

今後、彼女はますます自在に、豊かな毎日を歌ううたびとになっていくであろう。一人の友として、それが楽しみである。

この歌集に刺激を受けて、私も自分の歌集を出そうかな、と思った。

あとがき

この秋、二冊目の歌集をまとめることができました。前作は、七年前の春でした。その歌集のなかに

大きくなったら
「カエルになるの」
「東京タワーになるの」
子どもは無敵の柔らかさで
夢を見る

と、詠んだ歌があります。その幼なかった子は、もう高校生になりました。

二十年前に五行歌と出会い、身の回りのことを詠いつづけてきましたが、それは常に自分の現在地を確認するためだったように思います。今ここに生きて、考え悩んで

いる自分を見つめることで、前に進んでこられました。五行歌は、私の強い「味方」です。

これからは、もっと広い視野を持ち、歌を深めていけたらと思っています。

この歌集の刊行日は、私の誕生日に、と決めました。七十三歳になりますが、また新しく生まれるような気持ちでいます。

この先も五行歌人として、ずっと歌を書き続けていくつもりです。

「五行歌」という魔法の絨毯が、言葉と思いを、遠く未来まで運んでくれますように。

出版に際しては、草壁焰太先生、三好叙子さん、水源さん、しづくさんにたいへんお世話になりました。ありがとうございました。

心よりお礼を申し上げます。

今回も、夫の協力に助けられました。

二〇二三年　十月

永田和美

永田 和美（ながた なごみ）
1950 年 埼玉県生まれ
2002 年 五行歌の会入会
2016 年 五行歌集『ほんとうのこと　は』上梓
埼玉県さいたま市在住

五行歌集　花にもなれる

2023 年 11 月 2 日　初版第 1 刷発行

著　者　永田 和美
発行人　三好 清明
発行所　株式会社 市井社（しせいしゃ）

〒 162-0843
東京都新宿区市谷田町 3-19 川辺ビル 1F
電話　03-3267-7601
https://5gyohka.com/shiseisha/

印刷所　創栄図書印刷 株式会社
装　丁　しづく

ISBN978-4-88208-206-4

五行歌五則

一、五行歌は、和歌と古代歌謡に基いて新たに創られた新形式の短詩である。

一、作品は五行からなる。例外として、四行、六行のものも稀に認める。

一、一行は一句を意味する。改行は言葉の区切り、または息の区切りで行う。

一、字数に制約は設けないが、作品に詩歌らしい感じをもたせること。

一、内容などには制約をもうけない。

五行歌とは

五行歌とは、五行で書く歌のことです。万葉集以前の日本人は、自由に歌を書いていました。その古代歌謡にならって、現代の言葉で同じように自由に書いたのが、五行歌です。五行にする理由は、古代でも約半数が五句構成だったためです。

この新形式は、約六十年前に、五行歌の会の主宰、草壁焰太が発想したもので、一九九四年に約三十人で会はスタートしました。五行歌は現代人の各個人の独立した感性、思いを表すのにぴったりの形式であり、誰にも書け、誰にも独自の表現を完成できるものです。

このため、年々会員数は増え、全国に百数十の支部があり、愛好者は五十万人にのぼります。

五行歌の会　https://5gyohka.com/
〒162-0843　東京都新宿区市谷田町三―一九
川辺ビル一階
電話　〇三（三二六七）七六〇七
ファクス　〇三（三二六七）七六九七